문학포교원
계간불교문예

나무 사원

김기리 시집

불교문예

불교문예 시인선 • 010
나무 사원
©김기리, 2015, Printed in Seoul, Korea

초판 1쇄 인쇄 | 2015년 1월 10일
초판 1쇄 발행 | 2015년 1월 15일

지은이 | 김기리
펴낸이 | 문혜관
편집인 | 채 들
펴낸곳 | 불교문예출판부

등록번호 | 제312-2005-000016호(2005년 6월 27일)
120-868 서울시 서대문구 가좌로 2길 50
전화 | 02) 308-9520, 010-2642-3900
전자우편 | bulmoonye@hanmail.net

ISBN : 978-89-97276-08-0

나무 사원

김기리 시집

불교문예

시詩는 나의 사원寺院이었다

사원寺院은 세상의 소중한 인연들이었고

금쪽같은 오남매 내 새끼들이며

귀한 형제자매들이다

또한 나의 친구였으며 반려자인 것이다

밤 늦어 안경 벗고 이부자리 펴다

퍼뜩, 두 손 모은다

2015년 1월 눈 오는 날

김 기 리

차례

■ 시인의 말

제1부

내 손안의 절   12

목어木魚   14

꽃문   16

탁발   18

나무 사원   20

파밭   22

보리수 염주알   24

살구나무 다비장葬   26

장다리꽃   28

엎드린 마음   30

푸른 가사   32

산이 도망갔다   34

보살菩薩   36

제2부

통증 40

슬픔 한 끼 42

한 벌이 빈다 44

자반 46

도지미 48

문밖이 무겁다 50

흰 눈의 경치 52

뜯겨진 주소 54

큰방 56

소리 58

꽃 피지 않는 봄 61

뒤늦은 봄 62

빈 상자 64

제3부

물줄기에 옷 입히기 68

막대기 70

가려운 봄 72

열매의 눈 74

가을비 바느질 76

꽃의 나이 78

햇빛에 기대다 80

어라 홍련 82

맨드라미 84

풍경, 풍경 86

뾰족한 독경 88

맑은 몸 90

제4부

단풍을 여니 겨울   94

봉숭아   97

사랑하는 것들   99

송편   102

겨울 원행   104

메리의 시간으로 놀러가기   106

바늘의 여행   108

옷 한 벌   112

몇 방울의 응답   114

문 닫고 있는 밤   116

호칭   118

느티나무 언니   121

■ 해설 | 장영우
손안의 절과 소리의 경전   123

제1부

내 손안의 절

내 손안에는 형체도 없고
만져볼 수도 없는 작고 초라한 절[寺] 하나가 있다
간혹 크고 넓은 가람을 만나면 나도 모르게
두 손 합쳐 숨기는 절
그도 모자라 허리와 고개까지 숙이게 만드는 절

내 작은 절은 몇 가닥
자잘하게 그어진 손바닥금 위에 있다
사방이 아슬아슬한 낭떠러지
나는 그 절에 가장 공손한 악수를 모시고
지인들을 만나면 반갑게 마주 잡는다
예쁜 아이들 머리를 쓰다듬어주기도 하며
매 끼니 밥을 떠먹기도 하고
맛있게 반찬을 만들기도 한다

열 개의 반달이 뜨는 나의 도량
먼 곳의 저녁 타종소리를 들을 때면

귀를 모으게 하고 두 손 모아 합쳐지는 절
밤 늦어 뽀드득 뽀드득 깨끗하게 손을 씻고 나면
환하게 빛이 나는 절 한 채

내 손안에는 여전히
볼 수도 없고 모양도 없고 만져지지도 않는
절 하나가 지어져 있다
그 절, 마음 저 아래쪽에서 고요하다

목어木魚

저 물고기의 내장은 소리다

매일 제 내장을 허공에 풀어놓는 목어木魚

장삼소매바람을 타고 날아다니고 있다

가시나무 등에 꽂고

해탈의 물살에 붉은 피 흘리고 있다

나무의 몸과 바꾼 비릿한 업業은

오래 전에 물길에 들었다

하루에 두 번씩 산란에 들고

속 빈 심사로 천장에 매달려

매를 맞는 매 공양에 쩍 벌어진 입 다물지도 못한다

두 눈 부릅뜨고 타악기打樂器의 생을 잠시 지나간다

살점이야 그렇다지만

반질반질한 매의 흔적에 악기를 모셔놓고 있다

산문山門에 날리는 물고기 알들

우매한 귀로 모여든다

지금은 텅 빈 공양을 하고 목질 비늘과 지느러미와
아가미를 갖고 제자리 헤엄치는 목어

저녁 어스름
갓 부화한 치어 떼들이 내 몸을 향해 몰려들고 있다
내 몸이 물살이라니
환청으로 오래 자라날 목어의 치어들이 바글거린다
업장소멸 뒤뚱거리는 세상 물속
물고기 아, 사람 물고기들

꽃문

눈 부릅뜬 산문의 이유를
이 꽃문 보고 알았다
꽃밭 한 평 뚝 떼어 들고 가고 싶은
손버릇 나쁜 마음이 두근거리고
큰 뜻엔 문이 없다지만
문 안에 큰 뜻 앉아 계신다

문 하나 없는 우문愚問이 꽃문 앞에서 서성거린다

우물살꽃문에 창살꽃은 한 번도 진 적이 없다
환한 한낮엔 문 밖에서 피고
달밤은 문 안에서 핀 지가 오래되었지만
지금은 묵직한 묵화墨畵로 닫혀 있다

평생 눕지도 않고 서 있는 한 평 화단이
경첩의 마음에 들어 있고
창호지에 뿌리내리고 있는 우물살꽃문 창살꽃

저 문의 안과 밖 사이에는 어떤 계절이 있어
여러 송이 꽃 피워내고 있을까

달빛 종이엔 마음 쪽 겸손한 채색이지만
햇살 종이엔 얼굴 쪽 웃는 채색이다
안과 밖의 어느 쪽도 좋아
나의 계절로 삼고 싶을 뿐이다

저 꽃밭에는 계절이 없다
계절을 거느리지 않고도 꽃들을 피워내는 법력이
문살로 촘촘하시다

탁발

지상의 공터들처럼

헛배가 부를 때

지니고 있던 온갖 지식들 꺼내

착한 경전經典 하나와 바꾸어

탁발 나가고 싶을 때

한 가지 색으로 옷을 나누어 입고 지나가는

수많은 얼굴을 보는 일

라오스 어디쯤에서

탁발을 거들다 보면 참 여러 명의 얼굴로

살아왔다는 생각이 든다

붉은 가사는 언감생심이고

수시로 색깔 갈아입었으니

이번 생生 어지러운 것은 당연한 일

붉은 맨발로 천금의 신발을 닳게 했으니

관절이 성할 리가 있겠는가

수십 자 머리카락 잘라 내고도 또 틀어 얹고

심지어 휘날리게도 했으니
첩첩 번뇌가 끊어지겠는가

수십 년 끼니를 떠올려보면
탁발 아닌 밥이 없었다
그러니 이쯤에서 다시
저 붉은 가사의 행렬 맨 뒤끝에라도
슬쩍 끼어들어 따라가고 싶다
단 하루치 밥과 찬을 얻어 메고
단 하루치의 무게를 느끼면서

나무 사원

천지간에 버려진 사원은 없다지만
대신 오랜 세월을 돌은 나무의 슬하에 있었다
석상은 나무의 몸속으로 들어가고
나무는 돌의 몸에 뿌리를 내렸다
서로 몸 바꾸는 역사가 덥고 길었다
본적을 교환하는 동안
무풍나무 뱅골보리수가 돌계단으로 옮겨 앉고
계단은 흔들거리는 그늘을 얻었다

무너지는 방법을 아는 것은 돌의 재주다
나무는 그 돌의 재주에 장단을 맞추었을 것이다
저 결박의 부처를 다비장하면
햇살 묻은 나뭇잎 모양의 사리가 몇 줌은 나올 것
이다
몇 해 전 몸을 열고 한 줌 돌을 꺼냈을 때
일찍이 내 몸이 불길 식은 화장火葬의 흔적이었다
는 것을

여기 폐허의 사원에 와서 알았다

그러므로 늙은 몸은 다 사원이다

그 사원의 군상群像들에게 두 손 모은 기억도 부
실하여

곧 허물어질 폐허의 전조를 다만

담담히 바라보는 것이다

석양을 앉혀놓고 설법중인 폐허

그 폐허에 입을 달고 살아가는 누추한 아이들이

면죄부인 양 지폐를 조른다

사원을 잡아먹고 울창한 숲

돌을 주식으로, 석양을 편식으로 견뎌 온 저 식습
관이

문득 후덥지근한 허기를 몰고 온다

햇빛 탁발을 나왔는지 보리수나무 잎들이

일제히 일직보행으로 수런거리고 있다

파밭

파의 푸른 대궁은 비어있다고 하지만
사실, 톡 쏘는 매운맛이 가득 들어 있다
매운맛이 피운 수국 같은 꽃
파꽃들은 처음부터 하얗게 늙어 있다
절집 후미진 채마밭 한 쪽 귀퉁이
두어 고랑에 파들이 줄지어 서 있다

아침 공양 시간인지 스님들
처사들 보살들 후원 식구들이 공양간으로
줄지어 들어간다
모두가 속이 텅 빈 파의 대궁 같다
그러나 텅 빈 맛도 빈속에는 적절한 양념이 된다
는 것을
이미 알고 있는 것이다

밝아오는 절집이 큰 파밭처럼 보인다
파밭 속에서 허리 숙이고 고개 숙이며

하얗게 머리 세어가는 아낙들은 무시로
허리 숙이는 경전이다

삭발한 공부, 눈 가장자리 짓무르게 맵다
몸속의 번뇌 다 밀어 올리면
종래에는 저렇게 민둥머리 하나씩 꽃으로 달고
공명소리 산중 절간 터지듯 맑다

절이란 다 비어있는 것들의 천지
가끔 속세의 톡 쏘는 소식들이
파밭 근처에서 머뭇거린다

보리수 염주알

몇 번을 세어보아도
그 수數 번번이 잊어먹는다
힘없는 손목을 하루 종일 돌고 있는
노르스름한 보리수 알 염주
오래도록 돌리고 또 돌려도
돌려져 손의 저편으로 넘어가는 순간
횟수는 숫자를 벗어난다

도무지 기억나지 않는 것이야
앞날이겠지만
돌아보아도 캄캄한 기억 밝히는 일은
환한 얼굴들뿐인 것을

먼저 가 있는 일들과
뒷날의 일들이 섞여 돌아가는 백팔염주

앞날의 알은 감감한 먹갈색이고

지나간 날들은 맑은 옥빛 알이다

두 개를 번갈아 손목에 걸어 놓고

누구나 지금의 나이를 짐작만 할 것이다

시큰거리는 세월 속에서도

손목의 나이는커녕 현재의 나이조차 나는 모른다

다만, 쉼 없이 돌리고 돌리다 보면

이거다 싶게 쥐어지는 그 둥근 숫자 한 알이

바로 지금의 나이일 것이라는

어설픈 생각을 하고 있을 뿐이다

살구나무 다비장葬

화엄사 초입, 어느 집 담을 떠나와
저곳에 서 있는 살구나무
사실은 이곳에 살구나무 다비식이 한창이라 하여
멀리서 두 손 모으고 찾아왔다
연분홍색 주소가 환하다
풋풋하게 익어갈 살구의 기미들은 가지에서 꼼지
락거리고 있고
동남쪽 어귀에까지 걸어와 환장하게 서 있는 서
천西天
흔들릴 일도 없고 봄 냄새 풍길 일도 없는
늙은 몸 한 그루가
늙은 꽃들과 놀고 있다

화염花炎의 한 철이 살구나무에 붙어 다비식이 한
창이다
바람이 살구나무에 뛰어들어 오롯이 불길을 열면
웃는 듯 우는 듯 허공의 극劇에

꽃불의 역할로 흩날린다

뭉쳐있던 봄날이 자욱하게 서천으로 풀리어 가고

묵언으로 솟아올라 묵언으로 내려앉는

가슴 쓰린 저 파르스름한 재 좀 봐!

점점 가벼워지고 있는 아름드리 살구나무

만장 깃발은 한 그루 꽃구름이다

정녕, 아쉬움은 시드는 온기로 뱅뱅 맴을 돌고

사방으로 흩어지는, 화르르 만개한 육신들

한 발짝 돌아서면 여기고 한 발짝 내디디면 저곳인

타다가 못다 탄 꽃눈들 드문드문

살구나무 늙은 팔뚝에 매달려 있다

계절도 없이 들이닥칠 어떤 날을 알지도 못한 채

보는 이 아무도 없는 고요 속에

살구나무 다비식이 저물어 간다

장다리꽃

어느 절 채마밭에서
유난히 흔들리고 있는 장다리꽃을 보았다

침침한 거리였고 자잘한 바람이 모여 있는 꽃송
이, 노란색 더듬이와 흰색의 날개가 막 생긴 뒤였다

아침 백팔배 하다 본
촛대 위에 앉아 어른거리고 있던 노르스름한 나
비였다
느린 관절의 배拜가 끝날 때까지
날아가지 않던 그 나비였다

어두운 곳만 골라서 나타나는 나비
꽃의 곤궁을 먹고 사는 나비
너울거리다 파르르 떠는
뜨거운 더듬이를 가진 나비

꽃 받을 나이가 저만치 침침하다

장다리꽃을 꺾으려고 손을 내밀어 보았다
민망한 거리다
그새 날개가 여문 꽃잎이 팔랑, 날아올랐다
흰 날개를 팔랑거리며 포물선을 그었다
불 꺼진 장다리꽃이 고요했다

오싹한 한기가 으깨지는 소리를 덮고 겨울을 난
푸른 이불 같은 배추가 나비를 피운다

꽃 피고 씨앗 여물은 빈 몸에
느린 걸음이 총총 모여들고 있다
합장을 풀고 맵싸한 바람을 오래 들여다보았다

엎드린 마음

전지全紙 한 장에다 약사여래 모셨다
첫 점은 엄두가 나지 않는 마음으로 찍었다
한 두어 달 엎드리면 되는 경외敬畏였다
그 엎드린 기간 동안 땀도 흘릴 수 없었다
천 올 붓이 수족이었다

엎드린 마음이 꾹 참아만 주면
일어설 수 있는 여지가 생길 것이고
아파서 누워있던 허리가 우두둑 뚝딱
펴지기도 할 것이다

백 촉짜리 백열전구 세 개는
좌식 책상 밑에서
유리판으로 불을 뿜어대고
그 위 약사여래형상 촉촉하게 땀 흘리시며
한 발 두 발 귀한 발걸음 떼어 놓으신다
서두르시는 듯 서두르지 않으시는 듯

맑고 곱고 따뜻한 빛으로 옷매무새 삼으며
금빛 약함 고여 드시고 살풋 미소가 불감이다

전지 한 장 크기의 존경
마음에도 있고 벽에도 있고 사방에 가득하다
엎드린 마음 지나고 나면
내 몸이 편히 웃는다

푸른 가사

산그늘 장엄한 곳
푸릇한 가사를 걸친 부도 같다
묵직하게 앉아 있다
천 근 바위로 몇 백 년 묵언 중
등산길 옆에 두고 가부좌로 앉아
지친 다리 오가는 것 물끄러미 바라본다
비바람 눈구름 몰아치는 날에도
끄떡 않고 수행 중이다

푸른 옷이야 저절로 돋아나는 것
파릇한 수행에서 아직은 발 못 거두고 있는 것인가
저 옷 한 벌도 산그늘이 입혀준 것
벌거숭이 열반이 안쓰러워
지나가던 산그늘
조금씩 얹혔다 간 흔적이다

열반 몇 십 년 만에 처음 얻어 입은 가사

가끔 비가 내려 더 파릇하게
빨래하고 가지만
어느 맨돌이건
몸 열어놓고 있으면 다 옷이 생기는 것이다

저 푸른 가사의 몸 안에는
몇 번의 세상이 날을 밝힐 수 있는
영롱한 햇살이 가득 들어 있다는
소문들 넘치게 들어 있다

가뭄에는 같이 말라가고
우기에는 두툼해지는 가사
한 벌 가사로 또
몇 천 년을 가시려고 하는지

산이 도망갔다

여름날 산사山寺 옆으로 흐르는 계곡 맑은 물속의
작은 돌들을 들추어보면 도망가는 것들이 많다

꼬리지느러미가 쏜살같이 달아나고 흐릿한 탁류
가 대신 돌 밑에 들어와 앉는다

어리둥절한 갑각류의 뒷걸음질이 흙탕물속으로
숨는다

무거운 돌을 등에 지고 있던 것들은 그 무거운 몸
으로 어찌 그리 빠르게 도망을 가는지

한 번도 물 위로 떠오르지 않았던 비릿한 무게들

돌이 뒤집힌 자리
확, 구겨지는 것들

돌 하나 들추면 금방까지 물속에 담겨있던 산이
후다닥 도망을 가버렸다

보살菩薩

저 남방南方 먼 나라 라오스
광대한 부처의 땅에서 보았다
동트기 전 새벽 거리 곳곳에 많은 보살들이
정갈한 자리 정하고 앉아 두 손 모으고 기다리는
모습을

눅눅한 숯을 피워 밥과 찬을 마련하고
저 어둑한 쪽에서 가물거리며 오는
평생 보시해야 할 배고픈 행렬과
그 끝에 나에게 밥 한 덩어리 떼어주기 위해
서 있는 나를 보았다

붉은 가사 걸치고 맨발에 빈 통 옆에 찬 승려들
한 줄 종대로 보살 앞을 지나친다
밤새도록 만든 음식들 둥근 통에 기도하는 듯 넣
는다
날이 훤하게 샐 때까지

배고픈 현생은 이어진다

이 골목 저 골목 이 모퉁이 저 모퉁이에서

일렬종대의 전생들과 후생들이 걸어 나왔다

악연이거나 선연이거나

인연들의 보살행 시봉 틈에서

나는 무탈하게 밥 한 덩어리 떼어내고 있었다

하지만 보살도 늙거나 힘이 부치거나 시야가 흐
려질 때

그럴 때면 스스로 그 시봉을 내려놓을 때도 있을
것이다

나를 이곳까지 오게 한 모든 존재들과

인연들이 뒤늦게라도 내가 시봉할 보살임을 알았
으니

이만한 큰 복도 없겠다 싶다

이제라도 철 들어가는 물리物理가 마냥 고맙기만
하다
밤 늦어 안경 벗고 이부자리 펴다 퍼뜩, 그것들에게
처음으로 합장 올렸다

제2부

통증

왼쪽 검지손가락에 날선
칼끝이 쑥 들어왔다
가늘고 곱게 당근을 채 치는 중이었고
잠깐의 다른 한 생각이
손가락 하나를 꾹, 깨문 것이다
온 손이 아프다
손가락 하나에 상처가 났을 뿐인데
그 손으로 부르던 사람이 아프고
모든 손짓이 씀벅거린다

금쪽같은 이름 하나
목청이 찢어질 듯 부르고 불러도
삼켜버리고는 시치미 뚝 떼는 허공
그 이름을 부르던
수많은 호칭이 더불어 아프다

욱신대는 손가락 상처는

호호 불어 아물면 되지만
방학을 손꼽던 날들은 이미
어디론가 사라지고 없다

손꼽을 네가 없어
두 주먹 꽉 쥔 이 속수무책

온밤이 아프고
온몸이 아프고 꿈이 아프고
집이 아프고 이름이 아프고
닫아건 말문이 쓰리다

내 두벌새끼
기준아!

슬픔 한 끼

갑자기 슬픔을 많이 먹으면
먹지 않아도 배가 부르다
불시에 들이쳐
한 상 그득 차려놓고 간 슬픔

슬픔엔 기둥이 없어
먹으면 먹을수록 자꾸 몸이 흐늘거리고
기우뚱거린다
숟가락 젓가락도 없이 먹은
슬픔이 공복에선
한량없이 부풀어 오른다

아침도 점심도 저녁도 아닌
슬픔이 바로 끼니다
한 며칠 슬픔만 먹다보면
그처럼 맛없고 푸석하고
까끌까끌한 것도 없지만

도대체 어떤 허방이 가득 들어 있나

슬픔엔 맛이 없지만
매 끼니마다 터질 듯 배가 커지는 것
그렇지만 또 한편
수많은 그 끼니를 먹으면서 일어난
부풀어 오른 공복은
비감을 견딜 수 있는 유일한
끼니라는 것이다

한 벌이 빈다

빨랫줄에서 옷을 걷다보면
꼭 한 벌이 빈다
분명 깨끗이 빨아 널었는데
탁탁 털어 반듯하게 펴 널었는데
감쪽같이 사라져버린
그중 아끼고 아끼던 내 옷 한 벌

구차해서 살고
살다 보니 구차해지는 것이 생인지
빨랫줄의 길이는 그대로인데
옷들은 점점 줄어드니
바지랑대 세워 추스르는 길고도 아찔한
가을 한낮
바람이 걸치고 갔다고 믿고
물 뚝뚝 떨어지던 젖은 빨래의
그림자가 입고 갔다고 믿고 싶은
그 옷 한 벌

품 가득 빨래를 걷어 오다보니
내 품 한 곳도 꼭 그만큼 텅 빈다
수없이 안았던 그 한 벌
남방이며 양말, 앙증스런 속옷들
정성으로 쓰다듬고 두 손바닥으로
문지르고 펴서 반듯하게 개켜 옷장에 넣고
다독이며 한껏 마음 부풀었던 시간들

챙길 것도 준비할 일도 없어진 그야말로
완전무결한 끝이라는 것이
아무 일도 없었다는 듯
입 꽉 닫아걸고 그냥 그대로 흐르고 있는
방안이 괴괴하다

자반

왕소금으로 짭짤하게 간을 해서
두 마리씩 보기 좋게 포개 놓은 고등어자반
그것을 한 손이라 부르던가
그 한 손에서
한 마리 떼어내 구워 먹을 때마다
나는 스르르 배가 아파온다
꼭 배를 가르고 그 무엇인가를 꺼내
가져가 버린 듯 헛헛하다

내 뱃속에 포개져 안겨 있던 등 하나를
잃어버린 듯 배가 아파오는 것이다

내 몸에 들어와 있던
꼭 껴안고 품고 있었던
상실의 아픔으로 고통이 된
그 한 손

쳐다보기도 아까워 꼭 품고 있던

그 한 손을 부지불식간에 잃어버리고 말았다

소금보다 더 짠 눈물

볼을 절이고

되삼킨 울음은 여윈 가슴을 절인다

이렇게 모진 울음이 있을까

소중하고 아까운 실상,

싱그러운 한 손의 행방을

물어보고 또 물어봐도 맥없는 눈길은 안개

땅에 놓기도 아까워 온몸으로 싸안은 채

욱신거리는 배앓이를 무심한 세월에 던져놓고

어쩌지 못하는 무력감

쓸모없는 마중물이 바람에 솔솔

날아가는 해질녘이었다

이맘때였다

도지미

도지미를 아시는지요
도자기 그릇을 구울 때 밑에 받치는
작은 존재랍니다
뜨거운 불을 받치는 존재이지요
흐르는 유약을 받치고
기우뚱 경사를 바르게 받쳐주는 것
이렇게 힘든 일을 하는 존재랍니다
제 몸 금가고 깨지고 쪼개질지라도
죽을 힘 다하여 불타는 시간을 견딘답니다
존재들이 아주 편하고 귀하게
대접받게 해주는 숨어서 지내는 그야말로
희생물이라는 것이지요

받친다는 것
아무리 조심해서 받쳐도
안타까운 일이지만요, 꼭 넘어지는 일이
넘어져 깨지는 일이 일어난단 말입니다

귀하고 아름다운 것들이 더 잘
넘어지더라니까요

도지미,
아직 받칠 일이 많이 남아 있다고 여겨왔는데
아니, 지금도 받쳐주고 있다고 알고 있는데
언제나 기우는 쪽의 틈을 받치던
그 도지미가 어느 사이
결국 기우뚱 기울어지고 말았다는 일
뒷전으로 밀려 나버렸다는 그 사실
알고나 있을는지요

문밖이 무겁다

한동안 앓다 문밖을 나가보면
신문이며 편지며 온갖 것들이 수북이 쌓여 있다
왔다가 되돌아간 소식들, 무겁게 앉아 있다

그 문밖 무거워지고 무거워지면
문 안쪽은 조용한 죽음이
봄날의 입에 손가락 갖다 대며
쉿, 조용하라 시키는 걸까

앓고 난 두 다리로
기운 없는 길을 걸어 산사로 방향을 잡는다
원통전 출입문 밖 토방 위에는
흰 고무신 한 켤레가 반듯하게 놓여 있다
세상에 저토록 가벼운 문밖이
어느 천지에 또 있을까

기운 빠진 네 발로 토방에 올라서서

그 신발 옆에 내 신발을 벗어 놓고
물끄러미 바라보면
무거운 것들이 신발 신는 것을 본다
가볍게 다가왔던 문밖의 무게들
무쇠 덩어리 추가
이쪽저쪽에 닿고 있는 것을 본다

무거운 쪽으로 머리 숙이고 삼배를 올리면
오던 길로 되돌아드는
저물녘 햇살이 길고도 긴 것을 본다

흰 눈의 경치

몇 달 전까지만 해도
푸른 시간을 덮고 있던 무덤들이
오늘 지나치는 풍경에는 흰 눈을 덮고 있다
죽음이란 저렇듯 정착하는 것인가
초록의 날들이나 흰 날들이나
한 곳에서 지긋하게 정적에 들어있는 것이구나
가야 할 곳도 돌아가야 할 곳도 없는
양지쪽의 정착
돌기둥 하나를 세워서
그곳에 주소를 새겨 넣고
아침과 저녁을 한 곳에서 맞는 일
세상 뜨는 일이 저렇듯 고요한 것이라면
새 떼들이 날아오르는 것 같이
저렇듯 뒤에 고요한 풍경을 남기는 것이라면
가루가 되어
한 줌 재로 뿌려진 풍경이 된다면
잎이 되고 꽃이 되고 흙이 된다면

어미의 품이 된다면

그런 따사로운 풍경이 된다면

그리하여 쓸모없게 되어버린 장애물까지도

풍경이 될 수 있다면

가시 같은 냉기가 가슴을 훑고 지나간 흔적

역시 소리 없이 정착된 풍경이 된다면

나는 지금 그런 풍경이 되고 싶은 생각에

잠겨 있는 것이다

뜯겨진 주소

편지 상자를 정리하다가
뜯어진 주소를 본다
가만히 들여다보니 봉투 목에
말의 이빨 같은 흔적이 보였고
체신부 소속의 네모진 말굽이
발신 주소의 등에 올라타고 있었다

코스모스 졸업 시험에 골치가 지근댄다고
하나만 알고 둘은 모르는 당신이
내 눈앞을 어지럽힌다고
시험 끝남과 동시에 쏜살이 될 거라고
보고 싶다는 둥 건강히 잘 있으라는 둥
부모님 잘 모시고 시동기간들 잘 보살피라는 둥
어리둥절 낯선 새각시에게
마음의 가장자리만 썰렁하게
썰렁한 말들을 말의 잔등에 잔뜩 태워 보냈다
그야말로 필마들이 가득 들어 있었다

그러고 보면 주소란 마구간과

별다름이 없는 것 같다

혼자 되돌아온 말이

제 집인 마구간으로 잘도 찾아 들어가 듯

주소로 찾아보는 색 바랜 편지들

문득 고개를 들어보니

마당 저편에 줄지어 피어 있는 코스모스들이

졸업식에 참석하려는지

부산하게 준비를 하고 있다

큰방

영동달 중순이었지 수런거리던 방 안엔 겁먹은
눈동자들만 아랫목 새하얀 요 위에 반듯하게 누우
신 할머니에게로 쏠려 있었다

숨소리조차도 잔뜩 웅크리고 있던 방 안, 마지막
숨은 흰 탈지면에 붙어서 달싹거리고 있었지

양팔의 손목을 거쳐 가던 마지막 맥
배웅하듯 주치의가 짚고 있던 마지막 맥

한 집안이 통째로 울던 그날, 칠성판을 들여오고
염殮꾼들을 부르고 북망산천 초행길을 걱정하고
방들의 문설주가 참았던 울음을 터뜨리고 대들보
가 울먹이고 문풍지들이 훌쩍이던 소리들

열다섯 어린 나이에 시집와서 큰방 차지는 고작
이십사오 년 남짓, 희로애락이 방구들같이 윗목 아

랫목으로 나뉘어져 있던 큰방에서 할머니는 일어
나지 않았다

　지붕 위에서는 애환의 상의上衣가 펄럭이고 칠십
팔 년 시간들은 북쪽 난간으로 머리를 두르고 큰방
문지방을 나설 준비를 한다

　눈이 오나 비가 오나 시간 맞추어 출퇴근하시던
지참봉댁 할머니, 친구 삼아 상주하시던 뒷몰할매,
오치고모, 새터고모, 재매아짐, 건네고모 할매들,
간댓집 할머니, 삼시 세 때 교자상이 들어가고 왼
손에 들 것이 있어야 밥이 술술 잘 넘어간다고 도
란거리는 소리에 세상 돌아가는 정보도 들락거리
던 큰방

　더 이상 번잡한 문안 인사가 없을 큰방
　늘그막에는 아픈 몸을 친구 삼아 지내시던 큰방

소리

무한의 나이를 얻는다면 나는
곤충의 소리로 살아보고 싶다는 거다

매미는 여름을 살다 가고 늦여름과 가을에는 여
치 쓰르라미 귀뚜리들이 살다 간다 날개로 소리를
낸다 나는 입으로 내는 소리 말고 날개로 내는 소
리로 살아보고 싶다는 것이다 풀잎이나 나무에 붙
어서 날개로 떨어대는 소리, 그 소리 내 마음의 조
화에 드는 소리

여과 없이 밖으로 내다 버리는 곤충의 속울음은
참 가벼울 것이다 버리고 털어도 어느새 나의 어깨
위에 올라앉고 어느새 살금살금 소문도 없게 막연
한 근심보따리가 눈앞에 턱 버티고 서 있는 것이다

요즈음은 꽃 시절이라 돌고개 광제사 도량에는
매화향이 그득하다 홍매 백매 청매는 고결하면서

도 기품이 넘치는 요염이다 은근히 알싸하게 폐부를 찌르는 향내에 취하여 가슴에서 까닭모를 눈물이 왈칵 솟구치고 현란한 향내에 나는 울고 있었다

매향이 되어 휘휘 소리로 날아가고 싶었다는 것이다 휘파람새의 소리가 되고 싶은 것이다 맑고 청아한 소리로 내 마음껏 울어보고 싶다는 거다 온종일 떨어대는 소리에 곤충들 날개는 아픔을 참아냈을 거다 나는 하늘과 땅 사이에서 꺼이꺼이 울어보고 함부로 지르는 소리 강물에 던지고 싶다는 거다

자잘한 새 떼 한 무리가 광제사 뒷산 소나무 속에 모여 앉아 지지고 보꾸고 지지고 보꾸고 맑은 소리로 야단법석이다 회의를 하고 있는 것이 분명하다 나도 한 몫 끼고 싶었다 물 불어나 듯 한없이 불어나는 입소리 말고 날개 소리로 떨어내고 비워내어 텅 빈 것이 되었으면 하는 것이다

몸으로 내는 소리로 한 계절 있어도 없는 듯 버리고 버리면서 청향淸香 신건新健이였으면 한다는 것이다

꽃 피지 않는 봄

삼월 지나 사월

달력이 넘어가지 않았는지

넘어가는 날짜가 없었는지

꽃들도 피지 않았다는 거야

아니, 수많은 꽃들이 피고 졌지만

그중 내 꽃은 단 한 송이도 피지 않았다는 말이지

내 봄은 다 어디로 갔을까

꽃이 피지 않았으니 동그랗고 까만 씨앗도

물론 받을 수 없었고 말이야

가을 겨울도 모두 그렇게 멍멍하게

엉망으로 지나갔더라는 말이지

사라진 한 사람 몫의 온기가

이처럼 냉랭하단 말이야

뒤늦은 봄

어느 무덤이든 지간에 죽은 몸보다 먼저
파릇한 봄이 도착해 있는 것 못 보았다
무덤이란 망자가 들어간 다음 해가 되어서야 비
로소
파릇하게 봄이 찾아온다
그래서 죽음이란 늘 한겨울이다
그러나 뒤늦게 찾아올 봄이 있더라는 것이다
모든 죽은 이의 첫 제일은 다
따뜻한 봄이더라는 것이다
파릇한 봄이 둥근 집을 덮어주고 있을 때라는 것
이다

어느 해던가 고약한 풍수로
산과 물이 한데 섞였었다

양지쪽에 마련한 그이의 집이 무너져 내렸었지
바람비가 부슬거리는 날

황망한 자재를 구입하여 보수를 했었지
늦가을이었지 누런 펫장으로 지붕을 이었지만
봄은 멀리 있었지만 둥근 지붕을 찾아오게 되어
있지

철없던 세월이었고 헝클어진 실타래였다
뒤늦게 찾아온 눈 트임은 가닥을
추스르지도 못하겠더라는 것이다
함께 살지도 못하는 집을 수리하는 일
폐부 밑을 파고들어 켜켜이 쌓여가는 일이다

빈 상자

선물이 헐리고 난 상자
그 텅 빈 속이 아름다울 때가 있다
비어있기 때문에
더 이상 뚜껑이 필요 없을 때의 극빈이 들어 있고
어느 의중을 풀었다는 것
그리고 남은 알맹이보다 더 화려한 포장
우리 집에는 그런 상자가 여럿 있다
어느 날 그중에서도 제일 내 눈에 차는 것을 골라
보며
후일 나의 관으로 써도 손색없겠다 생각한다
그렇게 엉뚱한 생각을 하고 보니 그 빈
상자들이 평범한 것이 아닌 아주 귀한 여백으로
다가왔다
그 빈 상자를 다시 들고 나올 때
그때서야 비로소
어느 다른 세상에 꼭 맞는 여백이 되는 것이라는
생각을 한 것이다

문득 시모님이 심어놓으신 아름드리 사철나무가
보고 싶어진다
　이 세상에 단 하나뿐이었던 그 나무
　마지막 누울 수 있는 두 평의 방이 되기에 충분하다
　서로의 눈길을 맞추며 대문을 들고났었다
　그러다 얼추 두 해 전 어느 날 소방도로 날 때
　싹둑 잘려버린 아름드리나무
　현란한 빈 상자 속에서
　얼마나 많은 현상들이 뒤엉켰을 것인가
　화려한 포장 속 하찮은 알맹이보다는
　뚜껑을 열어버린 텅 빈 고요함으로 남는 것
　만 가지 천 가지 생각과 색으로 들어차 있는 여백
　나른한 어느 날 오후
　생뚱맞은 생각으로 시간을 붙잡았다

제3부

물줄기에 옷 입히기

초겨울 수도꼭지에
따뜻한 낡은 옷 한 벌을 입힌다
물은 추우면 추위 속으로 딱딱하게 숨는다
흐르는 물줄기들이란
어느 계절을 빌려 한동안
꽁꽁 얼어 지낸다

마당가로 흘러들어온 물은
얇은 추위에도 몸이 쉽게 움츠러든다
사람이 먹었던 물 꼭지와 파이프에
사람의 옷을 입혀 놓으면
그 온기로 양동이 가득 맑은 물 콸콸
쏟아놓는 것을 본다

낡은 옷 한 벌이 잡고 있는 사람의 온기로
길고 가늘게 달려온 물줄기를
따뜻하게 입혀주고 있는 것이다

오늘은 입동 지나 눈발 날리는 날

물줄기에 사람이 벗어 놓은

옷 한 벌을 입혔다

막대기

아이가 먹다 버린 사탕막대기에
개미 떼가 새까맣게 달라붙어 있다
한 가지 맛으로도
새까만 떼거리 달라붙게 하는 저 힘
어느 구휼의 장면 같기도 하다
단맛 다 빠지고 나면 흩어질 검은 떼거리들
선하고 정직한 일면식들이어도
억척지게 달라붙으면
다 검은 떼거리가 되는 것이다

저 막대기
참선의 어깨를 내리치는 주장자는 아닐까
단맛 다 빠진 사탕막대기
머리카락 긴 제자로 두지 않았던
부처의 속뜻이 환하게 드러나 있다
조주선사의 주장자도 오케스트라의 지휘봉은
더더욱 아닌 것이었다

맛의 잔치가 끝난

달콤한 오욕의 뒤끝일 뿐이었다

가려운 봄

산골마을 복사꽃 잔치에 다녀오고 난 후
나는 한동안 가려움증으로 몸살을 앓는다
이 늦은 독수공방에
잠들지 않는 가려움과 한 이불을 덮는 호사
긁적이는 새벽, 온몸으로 깨어 있어본 날의 아득
한 기억이
피부 여기저기에서 붉게 일어난다

봄날의 버릇, 가려움은 봄날의 손버릇일까

철철 넘치던 꽃들이 웃는 듯 내 눈 안으로 날아들던
연분홍빛 복사꽃들, 산마을 누추한 봄을
온통 무릉도원으로 끌어들였던 복숭아밭
지금쯤은 바람에 뿔뿔이 흩어지고
연분홍 꽃잎 향내마저 그 옛날처럼 날아갔을 것
이다
고개를 살짝 돌렸을 뿐인데

그 사이 다 날아간 꽃 피던 시절

꽃잎 짓이겨 홍조를 만들었을 뿐인데

며칠 몸에서 떠나지 않는 간질거리는 봄날

꽃 피는 한철은 모두 착각이라는 자조가 분분하다

천천히 꽃 지는 몸 여기저기에 흰 분가루 같은 흔적

접분의 시절은 어림도 없고

그저 꽃가지 하나 숨겨두고 싶었는데

풍선처럼 둥둥 떠 있던 며칠이

줄 끊고 날아가 버렸다

도화 꽃놀이는 내년에도 계속되겠지

그전에 나는 이 즐거운 가려움증을 되돌려 주어

야겠다

지금 막 하얗게, 볼그족족하게, 고운 눈매로 분

바르는

복숭아꽃 열매에게 다녀와야 되겠다

열매의 눈

사과 한 알을 두 쪽으로 쫙 쪼개면
씨앗 두 개가 꼭 마주보던 눈알 같다
어리둥절한 눈빛이다
캄캄한 속을 가진 사과는 없다
흰 속살에 박혀 있던 몇 개의 눈알들이 까맣다
칠흑 같은 밤에도 사과의 방은 아늑하고 환한 속
이었으니

한 입 깨문 사과의 맛은
깜짝 놀란 맛이다
눈빛 들킨 신맛이다

저렇게 서로 오래 마주보고 있어서
달달한 과즙이 고였다
수줍어 사과 밖으로 내보낸 껍질은 빨갛다

까만 씨앗눈 버리지 못하겠다

본래 캄캄한 곳에 있었던 눈이어서
창밖 외로운 화분의 캄캄한 곁에다 묻어 주었다
무심함도 거름이 될 수 있다
잊었는데, 잊었었는데
화분의 동백,
볼그족족한 꽃망울을 세 개나 내놓았다

숨 쉬는 것들에는 모두 씨앗에 눈이
속셈처럼 들어 있다

처음부터 까만색이 아니었을 씨앗의 눈
캄캄하게 눈 감은 씨들이
세상의 열매들 속에서 웅성거리고 있을 것 같다

가을비 바느질

여름비는 굵고 긴 것이 분간 없이 우악스러워 곡식 가마니나 짜면 좋지

가을비는 짧고 가늘어서 입속에 쓸쓸한 말 꽉 가두어 놓고 겹겹으로 쌓여진 벽을 똑똑 두드리지도 못하고 마당에 우두커니 서 있지

그러니까 여름옷에는 실이 적게 들어있다는 것이고 가을옷에는 실이 넉넉히 들어있다는 것이지

오늘 또드락거리는 가을비 다듬이질에 눈맞춤하다가 문득 여름 동안 닳고 해진 옷가지를 찾아내어 저 가늘고 싸늘한 빗줄기로 바느질하고 싶은 생각이 드는 것이지

명주실 몇 타래 얼른 뚝 끊어다 멀리 시집 간 딸애에게 따끔한 바늘 끝을 조심하라는 편지 한 통

동봉해서 보내주고 싶다는 것이지

  저 비 그치고 나면 내 앞마당은 더욱 촘촘히 여물
것이고 또한 가을비, 마당과 화단과 잎 다 떨어진
감나무에게도 두툼한 덧옷 한 벌 꿰매 입히고 있는
중이지

  추위가 곧 닥치겠지만 아직 눈은 그런대로 밝아
서 갈수록 실은 더 질겨지겠지만 아직은 성성한 두
개의 송곳니로 가을비 한줄기 똑 끊어다가 삼층장
저 깊은 바닥에 가지런히 깔아 놓고 싶다는 것이지

꽃의 나이

여러 해 전 석류꽃이 좋아 어린 석류나무를 삼천
원에 구입해 장독대 근처에 정성들여 심어 놓았었다

석류나무를 심고 첫 꽃이 피었다

첫 꽃으로 첫 나이를 먹는 꽃나무들, 수줍은 듯
붉은 성년의 증표들을 매달았다

세지 않는 꽃송이는 한 살
살펴 세는 꽃송이들은 여러 살

꽃나무들마다 제각각 나이가 다르고 나이란 때가
되면 뚝뚝 떨쳐버리고 싶은 것 그러고는 아주 어린
척 또 꽃을 달아매는 꽃나무들

나는 맥없이 작년의 나이는 한 살 어린 후배에게
주고 다시 한 살 많은 손위의 나이를 얻었다는 것

이다

  도무지 석류나무의 나이를 짐작하기 어렵다
  붉은색 나이를 마구 섞어놓고 누군가 몇 살이냐
물으면
  석류 한 알 슬며시 내려놓는 것이다

  돌이켜보면 어느 해는 알고 있으면서도 그냥 지
나친 것 같고 어느 해는 몇 송이의 나이를 더 피운
것 같다

  누군가 나에게 몇 살이냐 물으면 슬쩍, 석류나무
에게 대답을 떠넘기고 싶은 것이다

  대답하기 전에는 내 나이를 모르고 싶은 것은 혼
자 몰래 피운 꽃들이 많이 있었기 때문이다

햇빛에 기대다

햇빛에는 비스듬한 어깨가 있는 것 같단 말이야
그늘 쪽의 식물들은 모두
햇빛 지나가는 쪽으로 기울어져 있다니까
아니, 기대고 있어
따뜻한 어깨일 거야

나도 지나가는 햇볕에 기대었던 적 있었지
생각해보니 양지쪽을 잃은지 어언 십 수 년이야
아직도 남몰래 그쪽으로 기댔던 마음 굳어져
바로 펴지지 않고 있다는 걸 알았거든

어느 누구든, 식물에게든
기댈 수 있는 곳 다 있다는 생각이 들었다는 말이
거든
혹여 기댈 수 있는 곳 없는 것들은
흔들리는 바람에라도 기대어 있고 싶다는 것 알
았다니까

햇빛이 가끔 지나가는 바람일 때가 있었거든

내게도 기댈 수 있는 어깨가 있었다는 거야
그 어깨는 바로 나의 날개였고 바람이었고 햇빛
이었지
날개가 잘려졌다는 걸 눈치챘을 땐
영문도 모른 두 눈동자가 침침해졌을 때였다니까
줄기차게 달려오던 내 시간까지도 속수무책
딱 멈추어 버리더라고
날지도 걷지도 못하는 거야

그런데 말이야 나는 마냥
없어진 날개도 어깨가 되려니 생각하고 있었거든
바보 멍텅구리

어라 홍련

칠백 년 동안 계절을 만나지 못한
연꽃의 씨앗이 피었다
숨소리만 열어 놓고
멀리 연꽃의 냄새를 잊어버리지 않으려
코만 붙어 있는 얼굴로 살았다
가수면으로 깊은 잠에 들었었다
뒤척거리거나 잠꼬대를 하는 건 사람의 잠이다
연꽃의 잠은 꽃잎을 모두 다 떨군 후에 잠깐
고요해지는 것으로 잠을 자곤 한다
꽃 피어 있다는 것은 잠 깨어 있다는 뜻이다
물의 기운으로 질퍽한 진흙 검은 늪의 기운으로
뽑아 올리는 저 색깔을 보면 안다
함안군 어라가야 산성연못 추정지
오륙백 미터 파내려간 딱딱하게 굳은 진흙 속에서
연씨 열 개를 발굴하던 그 황홀경
꽃잎 수도 작고 빛깔도 칠백 년 전의 품격 높은
홍련

검은 진흙 딛고 우뚝 솟은 푸른 줄기

그 끝에 아리한 홍련 봉오리 달았다

고려의 아릿한 향내가 슬슬 풍겨 나와 맴을 돈다

일만 년 뒤에라도 싹이 튼다는 씨앗들

작은 것들에서 나오는 느림의 고요가 꿈틀댄다

저 검은 진흙 속에서도

비바람 천둥 번개 구름 햇빛 모두를 불러들여

많은 시간을 같이 불태웠을 독한 힘

지독한 독은 지독한 부드러움이다

야물게 꼭 다문 입 열어 한 장 두 장 꽃잎 떼어 아
리도록 예쁜

한 송이 고려홍련 피워 내는 칠월의 연못

칠백 년 전 어라 연못 속 고려홍련 작은 몸

벌떡 일어나 잠꽃으로 피어났다

맨드라미

마당 한 귀퉁이
닭장을 지은 적도 없는데
여러 마리 붉은 볏을 단 수탉들이 노닐고 있다
가금류가 저처럼 꽃이 될 수 있는 것은
늦가을 짧은 햇볕이 모여 같이 있기 때문이다
병아리 시절도 없이
푸드덕거리는 날갯짓도 없이
마당 귀퉁이에 갇혀 있는 맨드라미들

세상 꽃들에겐 꽃받침이 있으나
꽃 머리 위에 왕관을 얹고 있는 꽃들은 없다
가을 한낮 동안 무엇을 그리 잔뜩 쪼아 먹었는지
붉은 볏을 살짝만 건드려도
아주 작고 까만 씨앗들이 토도독 튀어 나온다

꽃들, 활짝 피어있는 날들은 대개가 짧다
하루를 한 삼백예순날로 정해 저 화단 앞에 걸어

주고 싶지만
 붉은 볏이란 그리 오래 얹고 있을 것이 못된다

 가을, 씨앗 여무는 시간이 짧다
 저렇듯 환하고 붉은 꽃볏 왕관들
 낮은 땅을 밝혀야 하는 일이므로
 깜깜한 씨앗들 눈 밝혀야 되는 일 모르는 척
 졸음에 든 수탉들, 후다닥 붉은 꽃볏 곤두세우고
 꼬끼요 꼬끼요
 가을빛 탱탱한 늦가을 하루를 헤집고 있다

풍경, 풍경

머리 푸른 배롱나무
맨몸으로 흔들리고 있다

오색딱따구리 불사佛事에 열중인지
늙은 나무 한 그루에서 목탁소리가 난다
뾰족한 불심佛心으로
허공경經을 읽고 있다

입구에 물고기 한 마리 달아놓고 처마는
기왓장 비늘 촘촘한 물고기 풍경이다

저 허공 물살이다
풍경이 헤엄을 친다
저 녹이 슨 물고기 떼어다
산 아래 계곡 물살에 방생放生하고 싶다

지난 겨울 발가벗은 채 오체투지로

바람 매 맞던 배롱은

푸른 비질로 공중을 쓸고 있다

뼛속을 헤엄쳐 다니는

여름 몸살이

깜짝깜짝 뼈에 부딪히고 있다

뾰족한 독경

느릿한 산그늘이

일주문 안으로 드는 시간

경經 읽는 소리도 없이 숲 저쪽에서

목탁소리가 들린다

자세히 들으니 목탁소리에 날개가 붙어 있다

가끔 경전經典의 낱장 넘기는 소리인 듯

수 천 그루의 나뭇잎을

바람이 침을 묻혀 넘기고 있다

세상의 어떤 경經도 목탁 없이는 무소용이듯

날개가 없는 숲은 없다

목탁 속에 텅 빈 공명이 살 듯

저 딱따구리, 공경空經을 파고 있다

조만간 작고 연약한 공空이

날개 밑 시간을 지나

솜털 보송보송한 어린 날개들로

머물다가 떠날 것이다

법당 문틈으로 어두워지는 저녁 예불

그 소리에 맞춰 어스름한 나무 한 그루가 저물고

여태 두드리던 목탁 소리도 날아가고 없다

맑은 몸

어떤 화려한 색깔이라도
그림자는 다 검다
어느 곳을 다녀온 존재라도
몸 밖으로 내밀어 놓는 검은 색깔
몸 안의 검은 식솔들을 모두 다
끌고 나와 머뭇거리는 그림자들

처마 끝에서 흘러내린 검은 날들이
마당에 길게 누워 있다
한 집안의 검은 내력들이 파놓은
작은 물종지들
그 물종지에 투명한 더위가 가득 들어 있고
흐린 날 그림자는 보이지 않는다
세상에 떠내려 오는 속설로는 날씨를 말하겠지만
사실 오늘은
그 무엇이건, 그 몸들이
가장 맑은 날이다

검은색이 없는 날이다

흐린 날들은 몸들이 다 맑다

제4부

단풍을 여니 겨울

그때 그 시절 가을은 한시반시 엉덩이 붙일 짬도 없었어야

재물이 빠져나간다고 추석 대보름이 도착하기도 전 창호지문들에게 새 옷을 갈아입히고 찢어지고 구멍 뚫린 곳까지 말끔히 새 한지로 발라 개운하게 만들었어야

생각하면 엊그제 같은데 아주 옛날 갓날 시절이었던 것 같아야 영창 들창 덧문 두꺼비문 쪽문 미닫이 샛문 등 문 이름이 하도 많아 다 잊었어야

청명한 날을 잡아 집에 붙어있는 문들을 모두 떼 손수레에 싣고 고섶의 냇가로 가서 목욕을 시키고 물기를 닦고 그늘에 널어 고실고실 말려 집으로 실어 날랐어야 하얀 창호지에 풀을 먹여 문살 위에 놓고 풀비로 재빨리 쓸어내듯이 발랐어야

영창문 손잡이 옆 완자무늬창살 창호지 사이에는
단풍잎이나 은행잎 국화꽃을 넣고 발랐어야 문 가
장자리로는 바람이 새어 들어온다고 문풍지를 발
라서 바람의 꼬리를 길게 만들어 주었어야

집 안팎으로는 계절이 오가며 부산한데 내 눈엔
웬 눈물이 그리도 많이 고이던지 문 안에서 울 일
이 있으면 문꼬리에 가서 울기도 많이 울었어야

단풍을 열면 겨울인 것 모를 이 있었겠느냐만 누
구든 이 문 열고 싶다면 겨울을 각오해야만 할 것
이라고 속말도 했어야

그러나 문 연다고 다 겨울이란 상상은 하지 말고
먼저 문고리에게 물어야 한다고 했어야 안쪽이냐
바깥쪽이냐고

문 열었더니 설레는 봄이었고 문 닫았더니 단풍
지나 어느덧 겨울이더란 말이다 봄여름 가을겨울
이 지나가더란 말이다

봉숭아

본가 화단엔 쪽달이 만개했다 쪽달은 손톱이 그
바탕이다 옛 어른들은 저승길 밝혀야 한다며 물들
였고 처녀 새각시 아이들은 첫눈을 기다린다며 물
을 들이곤 하였다

나는 손가락마다 고요하고 분주한 옛일들을 동여
매고 있는 것이다 열 손가락을 들여다보면 할머님
어머님 손톱, 아버님 두 개의 엄지발톱, 그 사람 엄
지발톱, 애기씨들 손톱, 금쪽같은 슬하의 손톱들이
다 몰려와 물들어 가고 있는 것이다

친정어머니 동생들 손톱들이 눈 어둡게 저만치
서 있고 새터고모님 건네고모 뒷몰할매 오치고모
할매 영철엄마 기숙이네 손톱들도 한 자리 차지하
고 있는 것이다

열 손가락과 엄지발톱은 나의 직계 촌수인 것이다

파란색 이파리와 붉은색 꽃잎들을 백분과 소금을
조금 치고 확독 가장자리로 터를 잡아 요리조리 들
여다보며 꼭꼭 찧어 아주까리 잎사귀에 싸서 손톱
위에 올리고 손가락을 굵은 실로 칭칭 감아 묶어
놓으면 밤새 봉숭아 화단이 온몸으로 드는지 손가
락들이 욱신욱신 아파오는 것이다

아무리 묶어 보아도 그중 몇 개의 손톱과 발톱은
지금 보이지 않아 봉숭아 꽃씨 툭툭 터지듯 눈물만
툭툭 터지고 있는 것이다

어느 시인은 저녁때의 슬픔은 결코 갖지 말라 했
다지만 이 저녁, 나는 손끝에 붉은 슬픔 여러 개를
흰 삼합사로 꽁꽁 동여매고 있는 것이다

본가 화단엔 여러 송이의 달이 져버린 지 이미 오래

사랑하는 것들

　일생이 무거운 즈음엔 애용했던 것들이 고맙다 시나브로 스며든 내 흔적이 훗날에도 바쁠 것이라는 생각, 오늘은 느닷없는 점호를 자처하듯 애용품들이 떠오르는데

　시절에도 다 시력이 있다는 듯 줄줄이 손들고 나오는 안경, 시리고 얇아져 찢어질 것 같은 마음과 꽃구름 묻은 화사했던 날들, 힘없는 내 두 귀를 기둥 삼고 약한 내 콧잔등에 걸터앉아 봄부터 겨울까지 맑았던 창문들

　루비가 박힌 만년필, 잉크가 잘 나오고 글씨가 폼 나게 잘 써진다며 까맣게 윤기 흐르는 몸을 가끔 거들먹거리긴 하지만 그래, 알고 있어 중요한 목록마다 표시가 되어 증인이 되어주고 귀중한 것을 지켜주는 고마운 너지, 조용하던 볼펜이 나도 만년필과 같은 족보야, 라고 소리치며 또르르 구르며 나

온다 너는 열심히 쓰고 또 써주는데 열심히 쓰는 동시에 과거로만 돌아가고 있는 것 같아 마음이 절절하다

각종 머리띠들, 너희들은 바람의 방향을 미리 아는 재주가 있었지 오랜 세월을 머리에 올라앉아 어지러웠을 거야 신은 사람의 몸에 늙어가는 표식을 몇 군데 두었지만 그중 머리카락이 가장 높은 곳에 있어 너, 고된 날들이었을 거야

가락지들은 맨 처음 끼워준 손을 평생 기억한다지 빛나는 약속으로 그 굵기를 평생 지킨다지 그러나 아직도 어느 한 매듭을 결코 풀지 못하겠다는 듯 왼손 무명손가락에 미동도 하지 않고 끼어있는 반지, 반쪽은 어디 있느냐 물어봐도 빤히 쳐다만 볼 뿐

내가 사랑했던 것들이라지만 알고 보면 다 나를
사랑한 것들, 덤 늘 듯 불어나는 늙음을 나누고 있
는 것들, 열 손가락 꼽아본들 어림도 없지 평생을
같이 한 사랑스런 것들아

송편

송편에는 손 안쪽의 무늬가 있다
여섯 개의 손가락이 지나간 자리가 있다
송편은 그래서 손안의 맛이다
아무리 뜨거운 불에 올려놓아도 그 손안의 맛은
익거나 흩어지지 않는다
세상 그 어느 것 하나 제대로 쥐어보지도 못한 손
안의 무늬
이제 오물딱 조물딱 놓을 것 다 놓은
손안의 무게가 있다

부르르 떨리는 결기로 한 솥단지 속에서 김을 뿜
어내며 익는 송편, 모싯잎깨고물송편 돔부고물쑥
송편 둥글납작모싯잎개떡 거피고물송편,
누구네 깨밭 콩밭이 송편 속에 소복하게 들어 있다

반달로 빚어서 온달을 보았던 명절, 평안을 비는
이지러지고 불어나는 반들반들 햇곡식 조각달이

손안에서 줄줄이 만들어져 나왔다 솔잎을 깔아 뜨
거운 김에 온몸을 맡기면 두둥실 휘영청 밝은 달이
하늘에 뜨고 이윽고 새벽닭이 홰를 친다 대걸망에
바리바리 반달들을 담아서 뒷마루 줄에 걸어두고
눈 붙였다 하면 금방 아침, 시간은 내 치마꼬리에
혹독한 피곤을 퍼다 부었다

　어머님의 분홍색 장미 커피색 오리송편은 하도
예뻐
　온 입안이 덩달아 예쁜 맛이었다
　알밤을 으깨어 빚어내는 밤송편은 또 어떻고
　지금은 수월해질 대로 수월해진 세월에
　가슴 한쪽이 허해짐은 무슨 굿판인지
　내 아이들 어릴 때 꼬막손 안에서 어지럽게 돌아
가던 파란 송편
　아프기도 하고 그립기도 한 둥근 달이 밝다

겨울 원행

미끄러운 날씨에
미끄러운 길로 원행을 다녀왔다
걸어서 다녀올 수 없는 거리여서
시속을 왕복으로 하고 다녀왔다
뒷좌석으로 앉아서 스치는 앞쪽의 풍광을 보며
다녀왔다
남녘에서 몰고 간 엔진 소리를 북쪽에 두고 왔다

봄이 오면 챙겨갈 것이어서
몇 폭의 보자기를 준비해 두어야 할 것이다

바람을 싼 야들한 연분홍 둥근 보자기, 봄 냄새
골골이 배어드는 오색 꿈 조각보, 열두 폭 스란치
마 폭폭마다 기지개 켜는 꽃봉오리 터지는 소리,
새싹들 움트는 소리, 황금빛 햇살, 선잠 깨어난 달
빛 갈매 옥색 소리, 몽땅 둘둘 말아서 보따리에 꼭
꼭 묶어두어야 되는 것이다

나는 이 굿판 소리 속에서

북녘에 두고 온 남녘 엔진 소리를 듣고 있는 것이다

달달거리는 엔진 소리와 함께

북녘의 소리 속으로 빠져 들어가고 있는 것이다

원행 떠날 채비를 하고 있는 것이다

메리의 시간으로 놀러가기

흔들리는 추억이 있다면

중심은 허공의 한 쪽에 떠 있을 것이다

메리의 시간은 어리고 흔들릴 때마다 벚꽃 잎이

날린다

벚꽃의 계절은 흩날리는 시간의 영역이다

흰 색깔들이 쏟아지고

메리는 아직도 어지러운 그네의 왕복에 앉아 있다

다만 꽃의 분분한 왕복에 편승해 있는 동안

나무는 늙고 그늘은 넓어졌다

바람의 중심을 밀면 메리의 시간은

저쪽 어지러움에 매달려 있다

그 어느 경계도 넘지 못하고 휘청거리는 공중에

있을 뿐

별칭의 연령 쪽으로 넘어지고 싶을 뿐인 것이다

일본어 팻말이 달린 봄, 등을 밀어주던 놀이

잘생긴 가지에 그네를 매고 나무의 한 쪽을 허무

는 놀이에는 멀미가 잦았다
　식민지가 원산지인 나무는 톱날을 피해
　그네의 소용으로 살아남은
　흔들리는 지혜였으나
　한 번도 그늘을 옮기지는 않았다

　벚나무 그늘에 옷은 젖고 꽃의 왕복에 늙어가는
것들
　차례를 기다리는 허공의 방향
　미국식 이름에 묻어있는 유년의 꽃 그네 위의
　어린 어지러움이 지금,
　분교의 게양대 위에서 펄럭거린다
　생각해 보면 일생은 벚꽃 그네 위에 있었다
　내려서고 싶지만 빈 공중이 없다
　가끔 떼로 몰려든 꽃잎들만 눈 안에서 분분紛紛하다
　메리의 시간으로 놀러갈 때면 지금도
　먼 곳의 어린 멀미를 앓곤 한다

바늘의 여행

닳고 허리가 휜 오래 전 바늘들이
오래된 바늘꽂이에 꽂혀 있다
각각의 소용이 무뎌져 있는 바늘들은
대침, 중침, 세침
연중무휴였던 바늘땀에서 모친의 말씀이 매듭져
있다

내 속이 거북하다 싶으면 동백기름 윤기 흐르던
흑단 같은 머리에 바늘 끝 쓱쓱 문질러 엄지손가락
끝을 따고 피를 짜냈어야 손바닥 비접도 바늘 끝에
내 콧바람을 쐬어 살갗을 살살 비집고 들썩여 작은
가시를 빼내기도 했어야

풀 빳빳이 먹인 하얀 이불 홑청 꿰맬 때 쓰는 대바
늘은 오래 썼더니 가엾게도 허리가 굽어버렸어야

중침으로는 옷을 짓느라 곳곳을 바삐 돌아다녔어야

저고리 깃으로 소매 도련으로 등솔로 고름으로 안옷고름으로 끝동으로 옮겨가며 홈질 시침질 감침질 상침질 이음질 박음질로 옷 한 벌을 좋게 만들었어야 삼박 사일 밤을 낮으로 삼고 나들이를 했고 널브러져 있는 조각들을 홈질하고 공구르기하면서 빨강 파랑 노랑 하양 천 조각들을 촘촘히 잇기도 했어야

날아갈 듯 곱게 바느질 된 옷들을 볼 때는 매끈하게 작고 날씬한 바늘들이 요술을 부리는 것 같았고 타고난 업이 바느질이었어야 때로는 편안했고 힘들고 서럽기도 했어야

넝마 같은 조각들을 감치고 홈질하고 박음질하여 이어 놓은 보자기는 세상바닥이었어야

부지런한 감침질이 만든 커다란 조각보는 쓰임새

도 많았어야 세침은 바늘귀보다 귀도 키도 작고 세
심하여 잘못 꿰매지나 않았나, 엉뚱한 것을 갖다
붙였으면 어쩌나, 실을 팽팽히 잡아당겨 아프게 하
지나 않았나, 작은 몸뚱이가 걱정걱정 긴 한 세상
이었어야

　쉴 새 없이 가냘팠던 한 세월은 등 굽은 꼬부랑이
가 되어 낡은 부전에 구부정한 채로 들어가 버렸어야

　바느질로 호사를 누린 세월, 꿰매고 이어준 한 평
생을 여행하다 못에 걸려 뜯어진 솔기를 현장에서
거뜬히 새발뜨기로 치료한 솜씨는 가히 일품이었
다고

　허리가 휘고 가는 몸에
　붉은 시간들이 잔뜩 돋아나 있는 모친의 말씀

바느질로 호사를 누린 세월, 꿰매고 이어준 한 평
생을 여행하다

옷 한 벌

옷 한 벌 속으로 떠난 사람이 있다
사람의 말로는 지을 수 없는 옷
현현玄玄의 올을 풀어 지은 무거운 옷이었다
그 한 벌 옷 속으로 들어간 사람은 평생 성호聖號
의 주머니를 갖고 있었다
묵주알을 굴리는 날들이었다
아직도 그는 묵주알을 다 세지 못하고 있다고
성모송을 끼니처럼 암송하고 있다고 하였다
피아노 건반을 묵직하게 잘도 두드렸던 그이
곧잘 굵은 목소리로 노래도 잘 흥얼거렸다
학번이 같은 동창인데도 삼 년 먼저 세상에 나왔
다는 연유로
언니라고 부르며 정 깊게 지냈던 그였다
교훈처럼 단정했고 말솜씨는 항상 어른 차림새였다
별을 좇는 맑은 물 같은 동기 동창 언니였다

얼마 전 그 한 벌 옷 벗고 다른 옷 한 벌로 갈아입

었다는 풍문

하지만 결코 사람의 옷 속으로 들어가지 못하고

사람의 일에도 서툴러

묵주 무겁게 옆구리에 매달고 가랑잎 같은 손으

로 하염없이

서러운 방바닥을 문질러 주고 있다는 소식이 간

간이 찾아왔다 가곤 하였다

종당에도 사람이 지은 옷 입지 못하고

신의 한 벌 옷으로 치장을 하였다 한다

부르터서 힘 빠진 몸뚱이로

성모마리아 장미꽃묵주 다섯 단

피안의 언덕을 찰랑찰랑 넘어가고 있는 그녀를

간혹 나는 보고 있는 것이다

몇 방울의 응답

몸속은 삼라만상이다
수천 수만 그루의 나무를 심을 수 있고
몇 개의 사막을 넣을 수도 있다

여의치 않아서 행하지 않았던 것들은 다시
행할 수 있는 것도 아니다
숨었던 것들이 금방 찾아지기도 영영 못 찾기도
한다
몸 안에 있는 것들은 몸 밖을 잘 모를 것이다
어떤 표정으로 나가야 할지
어느 때 나가야 되는지 잘 모를 것이다
빙긋 냉소 무표정 몇 가지 표정으로 나오겠지만
그중
제일 빈번한 것이 눈물이다
꼭 울어야만 했을 때 목울대를 혹사시키고
꼭 해야 했던 말들을 불덩이로 삭히고
반듯이 웃어주어야만 했을 때 달아나버린 웃음

찾느라 애쓰던 일 등등

　아무것도 모르고 이것들

　몸속 오장육부를 가리지 않고 돌아다니다

　몸 밖 장소도 분위기도 개의치 않고 갑자기 흘러

나와

　이리 작은 체면을 당황케 하는 것이다

　꽃을 보거나 어떤 그림을 대면할 때면

　흥건히 눈물로 고이는 두 눈

　이것들이 똑똑 문을 두드려 주거나 문을 열어주

는 것들인 것이다

　나를 수시로 두드리는 것들인 것이다

　그때 나는 조용히 몇 방울로 응답하는 것이다

문 닫고 있는 밭

한겨울 텅 비어 있는 빈 밭을 볼 때마다 빈 밭고
랑 같은 문살 촘촘한 잠긴 문이 생각난다 문고리가
안쪽에서 잠겨 있는 텅 빈 집이 생각난다 하릴없이
늙어가는 문, 밭의 문이 열리는 봄에도 열리지 않
는 빈 집의 문

해마다 봄이 되면 녹슨 방문을 열어 놓고 추위로
묶여 있던 빈 밭에 씨를 뿌리던 사람이 있었다 해
마다 같은 모양의 열매들이 익어 갔지만 사람 얼굴
에는 다른 연년年年의 시절이 찾아왔다

누구나 그 즈음이 있고 나도 그 즈음에서 서성거
렸다

닫혀 있는 그 문 안에는 살아서는 볼 수 없는 것
들이 소리도 없이 들어앉아 있는 빈방이 있다는 걸
어렴풋이 알아차리기 시작했다

텅 빈 밭은 짙은 그늘이 자라고 있었다 문고리 잠
겨 있는 빈 집은 이제 늙은 내부가 힘이다 헛기침
도 호명도 열쇠 사용법도 생각 저편에 던져둔다

어느 죽음이든 살아서는 만날 수 없다는 것만큼
큰 위안도 없을 것 같다

호칭

어쩌다 내가 사람으로 나이가 들어
오늘 이렇게 주렁주렁 호칭을 달고 있는지
사람은 호칭으로 태어났다가 호칭으로 소멸한다
는 듯
수족처럼 붙어 있던 수많은 호칭이
모두 한 대문을 열고 닫았던 것을 본다

젊고 영민한 호칭으로 살았던 날렵한 몸
오고 가는 계절 뒤편에 가을걷이 풍경으로 서 있
다 보면
빈 껍질의 무거운 몸에
안쓰러운 눈길을 보내고 있는 아직도 젊은 호칭들

갓난아기, 귀염둥이, 메리누님, 큰애, 아가씨, 언
니, 큰딸, 흰떡, 보름달, 새댁, 새언니, 큰올케, 큰
자부, 새아기, 며느리, 아내, 장조카댁, 엄마, 어머
니, 사모님, 큰형님, 상큰엄마, 질부, 큰형수님, 친

정엄마, 장모님, 시어머님, 할머니, 외할머니, 선생
님, 이사님, 이사장님, 회장님, 고문님, 큰언니, 어
르신……

　이 별밭 같은 호칭 속에 들어
　별 같은 호칭을 들었으니
　한 세상 잘 빛났을 것은 자명한 일이지만
　입모양에 붙어서 풀어지지 못한 채
　아련하게 회상 속에서 살고 있는 것이다

　생각해보니 호칭은 내 몸의 알맹이였고 무게였고
서정이었고
　세월을 감아 도는 향 내음 짙은 나이였다

　그 많던 호칭은 시나브로 소멸되어가고 있다
　지금 나를 부를 수 있는 호칭은 몇 개나 남아 있
는지

옆걸음으로 슬슬 날아가고 있는 것인지

눈 먼 몸은 우두커니 호칭들을 바라보고

가까운 마음은 안절부절하지만

어쩌다 내가 사람으로 살아 호칭을 얻었다 가는 것은

들독이 된 빈 껍질회상은

알맹이들의 가볍고 날렵했던 무게를

그리움의 저울로 달아보고 있는 것이다

느티나무 언니

　담장 밖 느티나무 한 그루가 몸살 중이다 요즘은 늙은 몸에 시멘트 개어 파스처럼 붙이기도 하는, 내게는 언니뻘이 된다 고무줄놀이를 할 때면 언제고 줄을 잡아주던 느티나무 언니, 나는 키를 키웠고 저이는 세월을 키웠다

　언니, 하고 부르고 싶은 날 느티나무를 찾아갔었다 매끈한 몸통에 시커먼 구멍 하나 깊게 패어 있었다 놀란 가슴으로 나는 시커먼 구멍 속에 손을 넣었다 그때 두근두근하는 느티나무의 심장 뛰는 소리를 들었다 푸릇한 피가 돌고 있는 소리도 들었다 썩썩한 바람이 가득 들어차 내 심장이 흔들리고 있었다

　모든 구멍들은 문이 없다 그러므로 잠글 일 없는 것들은 수시로 그 궁륭에 든다

나도 문 없는 구멍 생길 즈음이다 옛일 불러다 그 구멍 메울까도 하였지만 차라리 오목눈이 한 식구가 들어와 살게 문을 치워 버렸다 날개로 온 것들이 날개를 데리고 날아가는 걸 보고 싶었다　환한 소리를 물고 바람을 온몸에 묻히고 날아가는 한 식구를 바라보기에 익숙할 즈음

　반짝반짝 빛나는 치아로 웃고 있는 느티나무 언니, 사부작사부작 걷는 느티나무 발자국 소리도 들린다 늙은 언니 어디론가 가려 하는 것을 알았다

　나는 문득 썩썩하고 서늘한 구멍이 살며시 문고리를 잡아 거는 기척을 알아차렸던 것이다

손안의 절과 소리의 경전

장영우(문학평론가 · 동국대 교수)

『나무 사원』은 김기리 시인의 네 번째 시집이다. 그는 2003년 《아동문예》 동시로 등단한 뒤 2004년 《불교문예》 신인상을 수상하면서 『내 안의 바람』(2003)·『오래된 우물』(2004)과 동시집 『보름달 된 주머니』(2005)를 잇달아 상재했다. 광주대학교 문예창작학과에서 석사학위를 받고 단국대학교 박사과정에 다니던 그는 놀라운 집중력으로 학업과 시작詩作을 병행하여 세 권의 시집을 발행하는 노익장을 과시했던 것이다. 그로부터 십 년 만에 출간하는 시집 『나무 사원』은 김기리 시인의 언어적 감수성과 상상력, 그리고 사색의 깊이가 결코 녹록치 않음을 잘 보여주는 작품집이다.

김기리 시인은 어려서 "메리"라 불렸던 모양이다. 식민지 시대 벚꽃이 흐드러지게 핀 어느 봄날 그네를 타던 그녀가 왜 서양이름으로 호명되었는지 알 수 없으나, 그에게 붙여진 호칭은 그녀의 나이와 신분의 변화를 압축적으로 보여준다. 어려서 "메리"로 불리던 그는 어느 집안의 큰며느리("큰올케, 큰자부, 장조카댁, 큰엄마, 큰

형수님")로 들어가 "엄마"와 "사모님"으로 불리다가 자식을 성가시킨 뒤에는 "친정엄마, 장모님, 시어머님, 할머니, 외할머니"로 호칭이 달라진다. 그는 집안 살림만 한 것은 아니어서 밖에서는 "선생님, 이사님, 이사장님, 회장님, 고문님"으로 불리는 등 사회적 신분이 차츰 격상된 것을 알 수 있다. 그 호칭도 대부분 교육계와 관련된 것으로 한정되어 그의 사회적 지위와 신분을 대략 짐작할 수 있게 한다. 그러나 이러한 호칭을 회고하는 것은 "한 세상 잘 빛났을" 어느 한 시절을 자랑하자는 게 아니라 각각의 호칭들이 "내 몸의 알맹이였고 무게였고 서정이었고/ 세월을 감아 도는 향 내음 짙은 나"(「호칭」)의 진솔한 모습이었음을 긍정하는 의미로 이해된다.

하지만 그의 시에는 사회적 신분과 지위에 따라 달라졌을 세속적 체험보다 여성으로서 감내해야 했던 가정대소사와 친정어머니에 대한 그리움, 그리고 손자를 잃은 고통이 더 절절하게 각인되어 있다. 이를테면 그는 추석을 앞둔 어느 가을 볕 좋은 날 "영창 들창 덧문 두꺼비문 쪽문 미닫이 샛문"(「단풍을 여니 겨울」) 등 집안 모든 문의 창호지를 새로 바르거나, "반달로 빚어서 온달을 보았던 명절" 추석을 맞아 "모싯잎깨고물송편 돔부고물쑥송편 둥글납작모싯잎개떡 거피고물송편"(「송편」)을 빚던 시어머니를 문득 그리워하고, "열다섯 어린 나이에 시집와서 큰방 차지는 고작 이십사오 년 남짓"하다 영면하신 시조모의 "더 이상 번잡한 문안 인사가 없을 큰방"(「큰방」)의 허허로움을 생생하게 재현해 놓는다.

김기리 시인은 옛일을 다만 아름답고 그리운 추억으로만 되새기지 않는다. 그는 문창호지 바르던 그 시절 "집 안팎으로는 계절이 오가며 부산한데 내 눈엔 웬 눈물이 그리도 많이 고이던지 문 안에

서 울 일이 있으면 문꼬리에 가서 울기도 많이 울었어야"(「단풍을
여니 겨울」)라며 토속어로 한숨짓고, 바느질솜씨가 뛰어나 "못에
걸려 뜯어진 솔기를 현장에서 거든히 세발뜨기로 치료"했던 친정
어머니의 삶을 "쉴 새 없이 가냘팠던 한 세월은 등 굽은 꼬부랑이가
되어 낡은 부전에 구부정한 채로 들어가 버렸"(「바늘의 여행」)다고
묘사하는 등 전통 규방문화와 모성성을 실감나게 부조浮彫해낸다.
그것은 침선 솜씨 빼어난 친정어머니에게서 배운 부덕婦德과 대갓
집 며느리로 들어가 시댁 어른에게 전수받은 가풍家風을 수십 년 동
안 지키며 내면으로 숙성시킨 결과라 할 수 있다. 이런 시편은 전통
적 모성과 규방문화에 대한 깊은 이해와 긍지, 그리고 언어적 감수
성과 상상력이 결합하지 않으면 직조織造되기 어려운 것으로, 작금
의 한국 현대시에서는 찾아보기 쉽지 않은 성과라 할 수 있다.

　그렇다고 김기리 시인이 평안하고 유복한 삶을 살았던 것만은 아
니다. 『나무 사원』에 한정해 보더라도 그는 창졸간에 손자를 잃은
슬픔으로 불식不食·불면不眠의 나날을 보낸다.

　　　금쪽같은 이름 하나
　　　목청이 찢어질 듯 부르고 불러도
　　　삼켜버리고는 시치미 뚝 떼는 허공
　　　그 이름을 부르던
　　　수많은 호칭이 더불어 아프다

　　　욱신대는 손가락 상처는
　　　호호 불어 아물면 되지만
　　　방학을 손꼽던 날들은 이미

어디론가 사라지고 없다

손꼽을 네가 없어
두 주먹 꽉 쥔 이 속수무책

온밤이 아프고
온몸이 아프고 꿈이 아프고
집이 아프고 이름이 아프고
닳아건 말문이 쓰리다

내 두벌새끼
기준아!

―「통증」 부분

　‘두벌새끼’ 또는 ‘두벌자식’은 ‘손자孫子’를 가리키는 방언이다. 공부하러 외지로 떠난 손자를 만날 수 있는 방학만 손꼽아 기다리던 화자는 "가늘고 곱게 당근을 채 치던 중" 금지옥엽 손자의 사망소식을 듣는다. 그 순간 "왼쪽 검지손가락에 날선/ 칼끝이 쑥 들어"갈 큰 자상刺傷을 입었지만, 손가락을 벤 아픔 따위는 참척의 슬픔에 비길 바 못된다. 금쪽같은 손자 이름을 목메어 불러도 허공은 메아리만 되돌려줄 뿐, 눈물로 밤을 새우다 잠깐 잠이 들어도 마음의 고통이 너무 심해 곧바로 깨어난다. 그 통증은 당해 본 사람이 아니고는 상상조차 하기 어려운 것이다. 참척의 슬픔은 잠과 식욕마저 앗아가 "숟가락 젓가락도 없이 먹은/ 슬픔이 공복에선/ 한량없이 부풀어 오"(「슬픔 한 끼」)르고, 바깥에선 겨울이 지나 사월이 되었지만 화자에겐 "내 꽃은 단 한 송이도 피지 않"(「꽃 피지 않는 봄」)을 만큼 냉랭하기만 하다. 눈에 넣어도 아프지 않을 손자를 잃은 도저한 상실감을 이 시인은 "슬픔이 바로 끼니", "빨랫줄에서 옷을 걷다보면/ 꼭 한 벌이 빈다"(「한 벌이 빈다」)고 표현하고, 자반고등어 한손에서 한 마리를 떼어 구우면서 "내 뱃속에 포개져 안겨 있었던 등 하나를/ 잃어버린 듯 배가 아파오는"(「자반」) 통증을 토로한다. 이러한 감각과 어법은 가족의 의식衣食을 책임진 주부나 어머니만이 느끼고 체험할 수 있는 모성적 사랑에서나 가능한 것으로, 슬픔으로 끼니를 삼으면서 고통을 이겨내는 불가사의한 힘의 원천이 된다.

김기리 시인의 『나무 사원』은, 그 표제가 암시하고 있듯, 불교적 세계관과 상상력에 바탕한 시편이 다수를 차지한다. 그는 특별히 경전을 읽거나 참선을 하는 것 같지 않으나 틈틈이 절을 찾으며 거기서 보고 들은 모든 형체와 소리를 통해 불교적 진리를 이해한다. 이를테면 그는 속이 텅 빈 목어木魚에게서 "저 물고기의 내장은 소리다/ 매일 제 내장을 허공에 풀어놓는"(「목어」)다는 사실을 깨닫고, 절집의 후미진 채마밭에 심어진 파에서 "아침 공양 시간인지 스님들/ 처사들 보살들 후원 식구들이 공양간으로/ 줄지어 들어간다/ 모두가 속이 텅 빈 파의 대궁 같다"(「파밭」)며 놀란다. 그것은 "파의 푸른 대궁은 비어 있다고 하지만/ 사실, 톡 쏘는 매운맛이 가득 들어 있"는 것처럼, 공양간으로 향하는 스님과 보살들이 외모는 소탈해보여도 내공이 상당하다는 사실, 그리고 욕심과 어리석음을 비울수록 마음이 채워진다는 깨달음의 확인에서 온 찬탄이다.

밝아오는 절집이 큰 파밭처럼 보인다

파밭 속에서 허리 숙이고 고개 숙이며
하얗게 머리 세어가는 아낙들은 무시로
허리 숙이는 경전이다

삭발한 공부, 눈 가장자리 짓무르게 맵다
몸속의 번뇌 다 밀어 올리면
종래에는 저렇게 민둥머리 하나씩 꽃으로 달고
공명소리 산중 절간 터지듯 맑다

절이란 다 비어있는 것들의 천지
가끔 속세의 톡 쏘는 소식들이
파밭 근처에서 머뭇거린다

—「파밭」부분

절집 채마밭에서 파를 키우는 것은 그리 흔한 일이 아니다. 파[革
蔥]는 '마늘[大蒜]·부추[蘭蔥]·달래[慈蔥]·흥거興蕖' 등과 함께 오신
채五辛菜의 하나로 절집안에서는 금기시하는 음식재료이기 때문이
다. 하지만 시인은 절간에서 파를 길러 먹는 것을 시비하지 않고, 파
의 겉모습과 실속을 대비하여 용맹정진하는 스님들과 그들을 돌보
는 처사·보살의 정신을 높이 기리고 있는 것이다. 이러한 인식은 오
랜 세월의 풍화작용으로 거뭇한 이끼를 입은 부도浮屠에서 "푸릇한
가사를 걸친"(「푸른 가사」) 고승의 모습을 연상케하고, 산을 오르
다 계곡물에 잠시 발을 담그고 쉬면서 "돌 하나 들추면 금방까지 물
속에 담겨있던 산이 후다닥 도망을 가버렸다"(「산이 도망갔다」)는
비움의 철학이나, 돌로 만든 사원이 거대한 나무에 휩싸여 있는 동

남아 어느 사원(앙코르와트의 타 프롬Ta Prohm인 듯)에서 "석상은 나무의 몸속으로 들어가고/ 나무는 돌의 몸에 뿌리를 내렸다/ 서로 몸 바꾸는 역사가 덥고 길었다/ (……)/ 무너지는 방법을 아는 것은 돌의 재주다/ 나무는 그 돌의 재주에 장단을 맞추었을 것(「나무 사원」)"이란 상생 조화의 지혜를 이끌어낸다. 그는 나무와 한 몸이 된 타 프롬 사원을 "결박의 부처"라 상상하면서 제행무상諸行無常 제법 무아諸法無我의 진리를 겸허히 되새기고 있는 것이다.

> 저 결박의 부처를 다비장하면
> 햇살 묻은 나뭇잎 모양의 사리가 몇 줌은 나올 것이다
> 몇 해 전 몸을 열고 한 줌 돌을 꺼냈을 때
> 일찍이 내 몸이 불길 식은 화장火葬의 흔적이었다는 것을
> 여기 폐허의 사원에 와서 알았다
> 그러므로 늙은 몸은 다 사원이다
> 그 사원의 군상群像들에게 두 손 모은 기억도 부실하여
> 곧 허물어질 폐허의 전조를 다만
> 담담히 바라보는 것이다
>
> ─「나무 사원」 부분

사람들은 타 프롬 사원에서 크메르 왕조의 쇠락과 세월의 무상함을 확인하며 비감해하지만, 김기리 시인은 돌과 나무의 부조화스러운 공생을 보면서 나이가 들어 쇠약해지긴 했으나 많은 욕망을 내려놓아 홀가분해진 현재의 자기 모습에 오히려 안도감을 느낀다. 또 그는 먼 이국 사원에서 탁발을 하는 승려와 그들을 시봉하는 선남선녀들의 경건한 의식儀式에 동참하면서 "나를 이곳까지 오게

한 모든 존재들과/ 인연들이 뒤늦게라도 내가 시봉할 보살임을 알"
(「보살」)게 되었노라고 고백한다. 그것은 자신이 전생에 선남선녀
의 보시를 받는 승려이거나 보살이었거나 혹은 그 역의 관계였다는
연기와 윤회의 법칙에 대한 긍정에서 비롯된 통찰이다. 이처럼 김
기리 시인은 절 안팎에서 보고 들은 온갖 물상의 형상이나 소리가
연기와 무상의 법칙에 따라 윤회하고 있음을 깨닫고 마음 수행을
계속하고 있는 것이다.

　김기리 시인의 불교관은 간결 소박한 어법으로 언표화되는 특징
을 보인다. 그는 "늙은 몸은 다 사원", "절이란 다 비어 있는 것들의
천지", "매일 제 내장을 허공에 풀어놓는 목어"와 같이 간명한 듯
하지만 깊은 사유와 날카로운 직관에서 우러나온 은유와 수사를 통
해 자신의 일상적 삶이 얼마나 불교적인 것에 훈습되어 있는가를
보여준다. 그런 그가 합장을 하고 절을 하는 순간, 자신의 손바닥에
절[寺刹·拜]이 있다고 느끼는 것은 너무도 자연스러운 일로 보인다.

　　　내 손안에는 형체도 없고
　　　만져볼 수도 없는 작고 초라한 절[寺] 하나가 있다
　　　간혹 크고 넓은 가람을 만나면 나도 모르게
　　　두 손 합쳐 숨기는 절
　　　그도 모자라 허리와 고개까지 숙이게 만드는 절

　　　내 작은 절은 몇 가닥
　　　자잘하게 그어진 손바닥금 위에 있다
　　　사방이 아슬아슬한 낭떠러지
　　　나는 그 절에 가장 공손한 악수를 모시고

지인들을 만나면 반갑게 마주 잡는다
예쁜 아이들 머리를 쓰다듬어주기도 하며
매 끼니 밥을 떠먹기도 하고
맛있게 반찬을 만들기도 한다

열 개의 반달이 뜨는 나의 도량
먼 곳의 저녁 타종소리를 들을 때면
귀를 모으게 하고 두 손 모아 합쳐지는 절
밤늦어 뽀드득 뽀드득 깨끗하게 손을 씻고 나면
환하게 빛이 나는 절 한 채

내 손안에는 여전히
볼 수도 없고 모양도 없고 만져지지도 않는
절 하나가 지어져 있다
그 절, 마음 저 아래쪽에서 고요하다

— 「내 손안의 절」 전문

김기리 시인은 위 시에서 '절[寺院]'이란 단어의 의미를 "만나는 존재에게마다 '절[拜]'하는 곳"이란 뜻으로 정확히 이해하고 있는 듯하다. 그리고 그 절이 깊은 산중이나 도심都心에 있는 것이 아니라 경건한 마음으로 두 손을 마주잡은[合掌] 그 속에 있다는 사실도 제대로 깨닫고 있다. 자기 손 속에 절이 있으니 저절로 손이 합쳐지고 몸을 숙여 자신을 낮추는 것은 당연한 이치다. 내 손바닥의 잔금들이 내 삶의 정직한 반영이듯, 손 안의 절 또한 아슬아슬하게 살아온 내 생애의 낭떠러지에 소슬하게 돋아난 삶의 결정체다. 절을 손

안에 모셔놓은 화자는 지인知人을 만나 반갑게 손을 잡고, 예쁜 아이의 머리를 쓰다듬으며, 가장 맛있는 반찬을 만들기 위해 정성을 다 한다. 그렇게 하루를 보내고 손을 씻으면 그 안에 보름달처럼 환한 절이 한 채 세워진다. 이 얼마나 거룩하고 아름다운 일이랴. 그의 일상은 만나는 사람마다 절을 하고 그의 손을 잡으며 따뜻한 정을 나누는 수행의 연속이다. 그러나 그것은 단순한 반복이 아니라 늘 새롭고 아름다운 행위의 연장이어서 매일의 삶 또한 즐겁기 그지없고 마음은 명경明鏡처럼 맑고 고요하다.

> 처마 끝에서 흘러내린 검은 날들이
> 마당에 길게 누워 있다
> 한 집안의 검은 내력들이 파놓은
> 작은 물종지들
> 그 물종지에 투명한 더위가 가득 들어 있고
> 흐린 날 그림자는 보이지 않는다
> 세상에 떠내려 오는 속설로는 날씨를 말하겠지만
> 사실 오늘은
> 그 무엇이건, 그 몸들이
> 가장 맑은 날이다
> 검은색이 없는 날이다
>
> 흐린 날들은 몸들이 다 맑다
>
> ─「맑은 몸」 부분

어느 집안엔들 가슴 아프고 부끄러운 사연이 왜 없겠는가. 겉이 아무리 화려한 물상이라 하더라도 그 그림자는 검은 것처럼, 밝고 환한 빛 속에도 그늘은 있게 마련이다. 그림자가 선명하다는 것은 그만큼 일기가 청명하다는 것을 뜻한다. 바꾸어 말하면 흐린 날에는 그림자가 보이지 않는다. 이 시의 화자는 흐린 날 장마가 쏟아질 것을 걱정하는 게 아니라 그림자가 없는 것은 몸이 투명하기 때문이라는 역발상을 즐긴다. 몸이 맑고 투명하다는 것은 그만큼 욕심과 성냄과 어리석음을 비워 마음이 홀가분해졌다는 뜻이다. 금쪽같은 손자를 잃은 상실감을 생각하면 세상이 끝난 것 같아도, 세상이 살만하다고 느끼는 것은 "햇빛에는 비스듬한 어깨가 있는 것"(「햇빛에 기대다」) 같은 기대감 때문이다. 그것은 "그늘 쪽의 식물들은 모두/ 햇빛 지나가는 쪽으로 기울어져 있"는 것과 같은 이치이다. 어두운 곳에 있는 존재일수록 빛과 볕을 찾아 안간힘을 쓰듯 고달프고 힘든 체험을 겪으면 자신도 모르게 무언가에 의지하게 마련이다. 그리하여 "내게도 기댈 수 있는 어깨가 있었다"는 사실을 깨닫는 순간 묘한 안도감을 느낀다. 나만 버려지거나 고통을 겪는 게 아니라는 사실, 누군가 나를 따뜻하게 보호해준다는 확신, 그것은 한때 "나의 날개였고 바람이었고 햇빛"이었던 꿈과 희망, 즉 무구無垢했던 시절의 정신이었던 것이다.

시간이 흐르고 나이를 먹는다는 게 반드시 억울하고 슬픈 일만은 아니다. 세월은 "벚꽃 그네"를 타고 놀던 "메리"가 "고개를 살짝 돌렸을 뿐인데/ 그 사이 다 날아간 꽃 피던 시절"(「가려운 봄」)에 당혹감을 느낄 새도 없이 "늙은 몸에 시멘트 개어 파스처럼 붙이기도 하는" 느티나무처럼 "문 없는 구멍 생"기도록 늙었지만, 다른 한편으론 "환한 소리를 물고 바람을 온몸에 묻히고 날아가는 한 식구를 바

라보기에 익숙"(「느티나무 언니」)하게끔 정신적으로 성숙시킨 자양
분이기도 했다. 그리하여 그는 미구에 자신에게도 닥칠 죽음을 담담
하고 평화롭게 관조할 수 있는 평정심을 갖는다. 하얀 눈으로 덮인
봉분을 본 시인이 "죽음이란 저렇듯 정착하는 것"이며 "세상 뜨는
일이 저렇듯 고요한 것", 다시 말해서 "저렇듯 고요한 뒤 풍경을 남
기는 것"(「흰 눈의 경치」)이라면 기꺼이 '풍경'이 되겠다고 다짐하
는 것도 그런 평정심의 발로이다. 그리고 그것은 육신이 한 줌 재로
변해 자연에 뿌려져 흙이 되는 자연회귀 혹은 윤회의 세계관을 수
용하겠다는 적극적인 의지로 읽힌다. 봄, 여름에는 초록이 가장 잘
어울렸던 무덤도 겨울에는 흰 눈을 덮어쓴 게 자연스럽고, "여름비
는 굵고 긴 것이 분간 없이 우악스러워 곡식 가마니나 짜면 좋"다고
넘기다가 "가을비는 짧고 가늘어서 입속에 쓸쓸한 말 꽉 가두어 놓
고 겹겹으로 쌓여진 벽을 똑똑 두드리지도 못하고 우두커니 서 있"
(「가을비 바느질」)는 것도 자연의 순행에 거역하지 않으려는 깨달
음의 결과다. 우리말에 '가랑비'란 아름다운 어휘가 있고 그 굵기를
"국숫발처럼 가늘다"고 비유하지만, 여름비와 가을비를 이처럼 세
밀하면서도 감칠맛 나게 구분하여 묘사한 시는 찾아보기 어렵다.

여름비는 굵고 긴 것이 분간 없이 우악스러워 곡식 가마니나 짜면
좋지

가을비는 짧고 가늘어서 입속에 쓸쓸한 말 꽉 가두어 놓고 겹겹으
로 쌓여진 벽을 똑똑 두드리지도 못하고 마당에 우두커니 서 있지

그러니까 여름옷에는 실이 적게 들어있다는 것이고 가을옷에는

실이 넉넉히 들어있다는 것이지

　　오늘 또드락거리는 가을비 다듬이질에 눈맞춤하다가 문득 여름
동안 닳고 해진 옷가지를 찾아내어 저 가늘고 싸늘한 빗줄기로 바느
질하고 싶은 생각이 드는 것이지

　　명주실 몇 타래 얼른 뚝 끊어다 멀리 시집 간 딸애에게 따끔한 바
늘 끝을 조심하라는 편지 한 통 동봉해서 보내주고 싶다는 것이지

　　저 비 그치고 나면 내 앞마당은 더욱 촘촘히 여물 것이고 또한 가
을비, 마당과 화단과 잎 다 떨어진 감나무에게도 두툼한 덧옷 한 벌
꿰매 입히고 있는 중이지

　　추위가 곧 닥치겠지만 아직 눈은 그런대로 밝아서 갈수록 실은 더
질겨지겠지만 아직은 성성한 두 개의 송곳니로 가을비 한줄기 똑 끊
어다가 삼층장 저 깊은 바닥에 가지런히 깔아 놓고 싶다는 것이지
　　　　　　　　　　　　　　　　　　　　　 ―「가을비 바느질」 전문

　　전통 농촌사회에서 비가 오면 대개 일을 쉰다. 하지만 그것은 들
녘에서 논밭을 돌보는 일을 잠깐 쉰다는 것이지 아예 일손을 놓는
다는 의미는 아니다. 남정네는 줄창 쏟아지는 소나기나 장마 속에
서도 가마니를 짜고, 여인네는 바느질을 한다. 가마니는 볏짚 실로
짠 피륙과 같은 것이니, 비 오는 날엔 남녀 모두 바느질을 한다고 해
도 크게 틀린 말은 아닐 터이다. 하지만 가을비는 여름비와 다르다.
내리는 듯 마는 듯 가을 가랑비가 오는 날 집안의 며느리는 가슴 속

에 하고 싶은 말이 가득한 데도 하염없이 빗줄기만 바라보고 있다. 그 비는 소나기나 장마와 달리 내리는 듯 마는 듯한데, 옷은 젖는지도 모르게 흠뻑 젖는다. 고된 시집살이를 하며 누구에게 하소연도 하지 못했던 예전 한국여성들의 심사가 이와 같지 않았을까. 세월이 흘러 딸을 시집보낸 화자는 가늘게 내리는 비를 실 삼아 바느질을 하고 싶다는 욕망에 사로잡힌다. 그것은 "저고리 깃으로 소매 도련으로 등솔로 고름으로 안옷고름으로 끝동으로 옮겨가며 홈질 시침질 감침질 상침질 이음질 박음질로 옷 한 벌 좋게 만들"어 "날아갈 듯 곱게 바느질 된 옷들을 볼 때는 매끈하게 작고 날씬한 바늘들이 요술을 부리는 것 같았고 타고난 업이 바느질"(「바늘의 여행」)이라 여겼던 친정어머니에게서 물려받은 선천적 재능의 발현이면서, 늦은 나이에 분출된 시적 자의식의 은유다. 다시 말해 그는 젊어서는 속에 감춰두기만 했던 생각과 말을 이제는 마음 놓고 발성發聲하고 싶은 욕망을 강렬히 느끼는 것이다. 가을 세우細雨로 바느질을 하겠다는 참신한 상상력을 "두툼한 덧옷 한 벌 꿰매 입히"고 "가을비 한줄기 똑 끊어다가"와 같은 절묘한 표현으로 형상화하는 김기리 시인의 언어감각과 상상력은 나이를 잊게 한다.

김기리 시인의 감수성과 언어감각은 젊은 시인의 그것에 비해 전혀 둔감하거나 시대에 뒤떨어졌다는 느낌을 주지 않는다. 그렇다는 것은 지금까지 살펴 본 몇 편의 시구절을 다시 보는 것만으로도 충분히 입증할 수 있다. 그는 절에서 합장한 경건한 손 안에 한 채의 절이 있다고 상상하고, 목어의 텅 빈 속을 보고 "저 물고기의 내장은 소리"이고 "매일 제 내장을 허공에 풀어놓는"다고 말할 줄 아는 시인이다. 뿐만 아니라 생때같은 손자를 잃고는 "갑자기 슬픔을 많이 먹으면/ 먹지 않아도 배가 부르다"고 그 무엇으로도 위로받을 수 없는 참척의 고통을 토로하고, 오래된 편지 상자를 정리하면서 "주소란 마구간과 별다름이 없는 것 같다"고 시치미를 뗀다. 왜냐하면 새댁 시절 남편이 보낸 편지 속엔 "썰렁한 말들을 말의 잔등에 잔뜩 태워" 보낸 일방적인 말, 즉 "필마匹馬"(「뜯겨진 주소」)만 들어있기 때문이다. 여기서 '말'이 말[馬]과 말[言語]의 중의적 의미로 쓰였다는 것을 지적하는 것은 부질없는 췌언贅言에 불과하거니와, 이런 시편들이 세월의 풍화작용에 마멸되지 않은 그의 상상력과 언어감각을 웅변하는 구체적 증거라는 점만은 분명하다. 자신의 나이를 인식하면서 김기리 시인은 "안경, 만년필, 볼펜, 머리띠, 가락지" 등 "불어나는 늙음을 나누고 있는 것들"(「사랑하는 것들」)이 자신의 삶에 얼마나 큰 도움과 위안을 주었는가를 되돌아보면서 문득 "무한의 나이를 얻는다면 나는/ 곤충의 소리로 살아보고 싶다"(「소리」)는 엉뚱한 고백을 한다. 하지만 「소리」를 차분히 읽어보면 이 시인의 궁극적 목표가 온갖 물질적 욕망을 다 비우고 가벼워져 절대적인 자유인이 되는 데 있다는 사실을 깨닫게 된다. 그는 매미나 여치·쓰르라미 등 곤충처럼 "입으로 내는 소리 말고 날개로 내는 소리로 살아보고 싶"고, 광제사 도량에 흐드러지게 피어 있는 홍매 백매 청매처럼 "매향이 되어 휘휘 소리로 날아가고 싶"다고 한다. 온몸으로 내는 소리가 되고 싶어 하는 이 시인이 딱따구리가 나무를 쪼는 소리를 "경經 읽는 소리"로 듣고 "세상의 어떤 경經도 목탁 없이는 무소용이듯/ 날개가 없는 숲은 없다"(「뾰족한 독경」)고 단언하는 것은 어쩌면 당연한 귀결인지 모른다.

한국 여성으로 "선생님, 이사님, 이사장님, 회장님, 고문님"으로 불리며 살아온 이는 극히 소수에 불과할 것이다. 하지만 김기리 시인은 그러한 호칭이나 사회적 신분에 커다란 의미를 부여하지 않는 것 같다. 최근 그의 관심은 인간으로 살아온 현생의 삶을 마감하고 마침내 자연의 한 '풍경'으로 자연스럽게 회귀하는 것에 있다. 그에게 있어 '죽음'은 곧 '자연'이자 '풍경風景'이며, 그 자연[풍경]에 가장 어울리는 것이 딱따구리가 "뾰족한 불심佛心으로/ 허공경經"을 읽는 '풍경諷經'과 "허공 물살(에)/ 헤엄"(「풍경, 풍경」) 치는 '풍경風磬'의 조화다. 그는 여기서 더 나아가 절집 처마에 매달려 있는 "녹이 슨 물고기 떼다/ 산 아래 계곡 물살에 방생放生하고 싶다"는 소망을 피력한다. 딱따구리를 탁목조啄木鳥라고 하는 것은 잘 알려져 있거니와, 그 소리를 풍경諷經으로 듣고 목어의 텅 빈 속에서 "매일 제 내장을 허공에 풀어놓는"다고 여기며, 얇은 놋쇠로 만든 물고기를 청정계곡에 방생하고 싶다는 그의 상상력은 우주의 물상을 유정有情·무정無情으로 구분하지 않고 그 모두에게 불성佛性이 있다는 믿음에 뿌리를 두고 있다. 그는 손 안에 탑을 쌓고 자연의 소리로 경전經典을 지으려 한다. 그 솜씨는 정교하고 세련된 맛은 덜할지 모르나 깊고 그윽한 정취는 산사의 쇠북소리와 흡사하다. 가을비로 바느질을 하고, 날개로 내는 소리로 살아보고 싶다는 그가 짜낼 피륙과 웅변이 어떤 모습일까 벌써부터 궁금해지는 것도 그 때문이다.